Mi dentista no es un monstruo

ISBN 0-7696-4070-2

50395

EAN

9 780769 640709

**School Specialty
Children's Publishing**

Biblioteca del Congreso. Catalogación de la información sobre la publicación en
poder del editor.

Para cualquier información dirigirse a:
8720 Orion Place
Columbus, OH 43240-2111

ISBN 0-7696-4070-2

1 2 3 4 5 6 7 8 9 10 EVN 10 09 08 07 06 05 04

Mi dentista no es un monstruo

de Julia Moffatt

ilustraciones de Anni Axworthy

GINGHAM DOG PRESS

Columbus, Ohio

Hoy fue la primera visita de Dani
al dentista.

Dani no quería ir.

Su hermano le había hablado sobre eso.

Su hermano dijo que el dentista daba miedo.
Dijo que el dentista era un gran monstruo.

Que vivía en una cueva y tenía un
taladro filoso.

Dani no quería ir al dentista nunca jamás.

Se escondió bajo la cama.

Pero su mamá lo encontró.

—Tienes que ir al dentista —dijo.

—El dentista te mantiene los dientes limpios y sanos —explicó la mamá.

Aun así, Dani no quería ir.

—Vamos, Dani. No va a pasar
nada malo —dijo la mamá.

Una vez allí, Dani se sorprendió.

No parecía una cueva que diera miedo.

El dentista no parecía un monstruo.

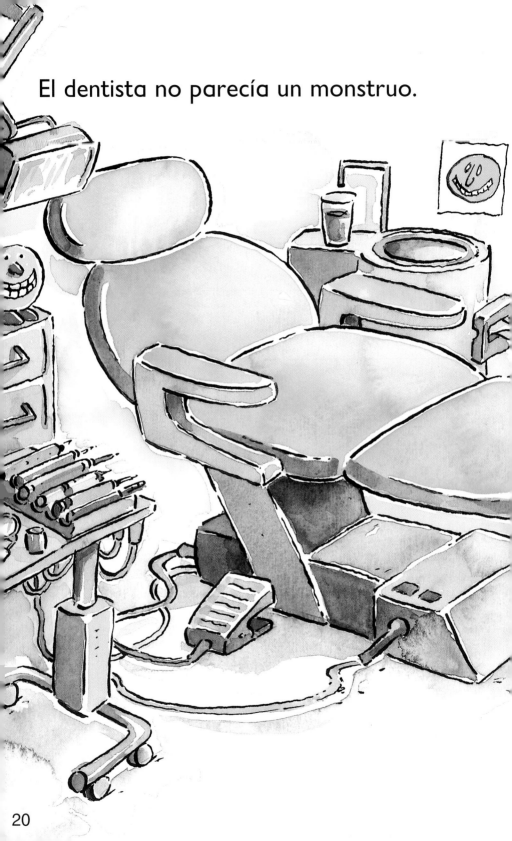

—¿Te gustaría dar una vuelta en mi sillón? —preguntó.

—Claro —dijo Dani—. ¡Síii!

—Abre bien —dijo el dentista.

El dentista limpió los dientes de Dani. Luego le dijo que se cepillara los dientes dos veces por día.

Y hasta le regaló una pegatina.

—¡Esto es divertido! —dijo Dani.
—Mi dentista no es un monstruo
después de todo.

Palabras que conozco

sobre	no
limpios	dijo
vamos	hoy
tienes	quería

¡Piénsalo!

1. ¿Por qué Dani no quería ir al dentista?
2. ¿Cómo describió al dentista el hermano de Dani?
3. Describe cómo era en realidad el dentista del cuento.
4. ¿Cómo cambió la opinión de Dani acerca del dentista al final del cuento?

El cuento y tú

1. ¿Alguna vez has tenido miedo de algo que resultó ser bueno?
2. Describe tu última visita al dentista. ¿Tuviste miedo?
3. ¿Qué te parece que les pasaría a tus dientes si nunca fueras al dentista?